Markus Anton

Lost

Weekend

presents

und

Low

Performer

Fragment

Bibliografische Information der Deutschen
Nationalbibliothek: Die Deutsche Nationalbibliothek
verzeichnet diese Publikation in der deutschen
Nationalbibliografie; detaillierte bibliografische
Daten sind im Internet über
http://dnb.de abrufbar.

© 2021 Anton, Markus
Herstellung und Verlag: BoD - Books on Demand,
Norderstedt
ISBN: 9783755724223

fucking rocket man im radio immer noch

und in den häuserschluchten eine

generation die frust und langeweile in

billigem alkohol zu ertränken versucht

vögelt ohne rücksicht auf verluste oder

meine gedanken eine momentaufnahme

hochkomplexer zusammenhänge deren

emotionale tragweite ich nicht

ansatzweise verstehe es war einer dieser

hochsommernachmittage die man allein

oder mit menschen die fühlten wie man

selbst in den kargen schlafräumen des

chelsea in new york verbrachte und

während ich daran arbeitete frau van s

in irgendeiner art und weise zu

befriedigen träumten wir beide für eine

kurze weile sahen fern oder erzählten

einander davon wie sehr wir kälte

liebten ich setzte frau van s ne spritze

lächelte schenkte ein erzählte auch

geschichten in denen ich kaum überlebte

sprach um des sprechen willens kochte

saugte staub fütterte die straßenkatze

nach einer stunde dann beschwerte sich

frau van s über meinen atem den sie als

zu laut empfand

die ämter machten druck kürzten meine

bezüge ich fand nen job in einer bar

natürlich war mir klar dass sie mich bei

einer anstellung als minijobber

mindestens fünf mal die woche einteilen

würden hatte alle mühe mir ausreden zu

überlegen ausreden die mich vor einer

sieben tage woche bewahrten ausreden

die glaubhaft waren tut mir echt leid

aber da schreib ich ne klausur oder sorry

muss meine eltern pflegen

funktionierte nicht mehr funktionierte

eigentlich nie und ich verkaufte mich als

typen der ehrenamtliche

nebentätigkeiten verrichtete begleitete

menschen beim entzug säuberte

schwerstbehinderten viermal die woche

den arsch

hochdepressiven vereinsamten

großmüttern die wohnung putzen

einkäufe erledigen und so wissen sie ich

schlafe ohnehin nur noch vier stunden

die nacht mehr als zwei abende sind

leider nicht drin

ich konnte bleiben zumindest für ne

weile ein leben zu führen das nicht mit

einem crash auf der überholspur endete

sondern jammernd im graben weil man

zu besoffen war die spur zu halten

entsprach nicht dem was ich mir unter

einer erstrebenswerten existenz

vorstellte wurde es doch zunehmend

schwieriger in bars zu arbeiten in denen

wesentlich jüngere kollegen mit

telefonnummern von frauen jeglichen

alters überhäuft wurden während man

selbst unbeachtet gläser spülte ich

interessiere mich einen scheißdreck für

dich fühlt sich weniger schmerzvoll an

wenn man freie auswahl hat und

dennoch das mädchen wartete bis

schichtende reichte mir einen verknüllten

zettel mit ner nummer drauf verschwand

im dunkeln ich rief ihr hinterher was ich

mir all die jahre vor verstaubten spiegeln

so hart antrainiert hatte fühle mich sehr

geschmeichelt siehst wirklich

wunderschön aus bin zu alt für dich

machs gut und ich zitterte nahm billigen

fusel mit nach hause sprach dann von

vergebung und der notwendigkeit

durchzuhalten hörte menschen zu die
von schmerz und trauer sangen ohne
dabei weinerlich zu wirken fucking shit
die straßen färben sich weiß schäumen
das kommt vom regen von der hitze sieh
doch es wird weiter regnen einfach
immer weiter regnen die gitarre die
akustikgitarre bist du besoffen spielst du
die akustikgitarre bist du nüchtern
komponierst du komponierst du mit der
elektrischen gitarre besoffen jetzt
verzweifelt jetzt akustikgitarre jetzt
cobain jetzt unplugged zwei uhr
morgens cobain jetzt unplugged gar
nicht wissen tut man was los ist die leut
sind hundsaggressiv überall wo man
hinkommt schnauzen einen die leut an

drohen einen zum arzt wollt ich gehen

mir in die fotze reinschauen lassen ob da

alles passt weils dauernd juckt und

brennt halt ein notfall weißt da schreit

mich die sprechstundenhilfe an was mir

einfällt da könnt ja ein jeder

daherkommen einen termin würd einer

brauchen den nächsten gibts in drei

monaten dann bin ich ins krankenhaus

die haben mich abgewiesen ich soll in

die apotheke gehen mir irgendeine salbe

holen und die apothekerin hat mich

rausgeschmissen hat gesagt das ist ein

pilz ich soll mich waschen

was ist den los mit deiner fotz

ich weiß nicht vielleicht darfst mit

deinem schwanz wo noch die scheiße

vom arschloch dranhängt nicht gleich in
die fotze reinficken musst halt vorher
waschen

spinnst du den guten dünger abwaschen
soll ich da wo neues leben draus entsteht
ja bist du deppert sag einmal nichts
dergleichen mach ich das ist der beste
weg wenn man neues leben in die welt
setzen will weil scheißdreck ist fruchtbar

abschließend wie bewerten sie
insgesamt ihre erfahrungen mit msc
cruises sehr gut gut geht so schlecht oder
sehr schlecht

ich weiß nicht so recht was kann ich
noch gleich auswählen

sehr gut also das entspricht der note eins

gut das entspricht nem zweier geht so is

ungefähr drei bis vier schlecht is fünf

sehr schlecht ist n sechser

also das schiffspersonal war schon sehr

höflich und der kapitän sah toll aus aber

das essen war kalt und als ich das den

kellnern gemeldet habe haben sie das

essen auch aufgewärmt aber in den

toiletten hats gestunken und seife gabs

da keine also wissen sie das ist ja schon

eine frechheit da zahlt man einen

haufen geld für eine schiffsreise und

dann haben die keine seife ich meine

seife kostet doch nicht die welt aber also

eigentlich drei bis vier

das heißt geht so

nein also das ist aber ein bisschen dumm

mit dieser einteilung können sie nicht

wortwörtlich schreiben was ich gesagt
habe

tut mir leid nein

und warum nicht

wir haben vorgegebene fragebögen ich

denke damit man leichter auswerten

kann die müssten ja ansonsten die ganze

scheiße der leute lesen ist ihnen klar wie

lange man dafür brauchen würde

ja da haben sie wahrscheinlich recht

aber also nein tut mir leid aber das wäre

dann ja ein verfälschtes bild der realität

können sie nicht einfach irgendwas

sagen ist doch letztendlich egal

statistiken stimmen eh nie außerdem

werde ich nur pro abgeschlossenem

telefoninterview bezahlt wenn sie jetzt

auflegen haben wir fünfundvierzig

minuten telefoniert und ich werde nicht

bezahlt normalerweise dauern

interviews nur zehn minuten

ja aber das ist dann schon ihr problem

oder

ich schreibe einfach geht so ok

nein nein das dürfen sie nicht das

entspricht doch nicht der wahrheit kann

ich bitte mit ihrem vorgesetzten sprechen

is gerade keiner da sie können sich aber

per mail beschweren wenn sie das

möchten

sie dürfen da nicht einfach irgendetwas

reinschreiben das ist betrug

ok und was soll ich ihrer meinung nach

reinschreiben

vier minus meinetwegen

das heißt also geht so

nein nein geht so wäre ja drei bis vier

ich sage aber vier minus

vier minus steht aber nicht zur auswahl

dann müssen sie das eben handschriftlich

hinzufügen

da wäre ja insgesamt nur noch eine

frage meinen sie dass sie sich

ausnahmsweise für geht so entscheiden

könnten

das ist ja wirklich allerhand so jetzt lege

ich auf

hallo

ja hallo

sie sind noch dran

ja aber jetzt lege ich auf

hallo

ja hallo

können wir nicht weitermachen

ich weiß nicht dann müssen wir aber

nochmal jeden einzelnen punkt

durchgehen

meinetwegen noch n kaffee noch n

kaffee danke schön und dennoch ich

neige zum versagen oder schwüret ihr

mir ewige verbundenheit ich bliebe doch

allein natürlich weiß ich um eure

existenz sehe euch beinahe täglich und

etwaiges anerzognes leid oder besser

aller welten schmerz den es zu erleiden

gilt tragt ihr gar lässig auf den schultern

nun sagen wir ihr übt euch wohl darin

gleicht oftmals einem rudel

wundgejagter löwen auf der suche nach

dem gnadenschuss wappnet euch ihr

herdentiere sie alle starben einsam

laben sich am tode nur und tod er kennt

nur eine gnade keine an zukunft also ist

auch weiterhin kaum zu denken

stattdessen verliere ich mich seltsam in

den wirren trüber jahre übe mich auch

weiterhin in demut und geborgenheit

denke manchmal an begebenheiten auch

die lange schon verziehen sind gleiche

jener sehnsucht die verschmähte liebe

impliziert danke nichts und niemanden

für meine existenz was als einzelner

andres denken fühlen tun in einer

gesellschaft die gemeinsam stärker in

erwägung zieht ich denke nichts fühle

nichts besitze nichts und gebe nichts ich
nehme nichts weiß nichts bin nichts sage
und verschweige nichts ich sehe nichts
höre nichts esse nichts trinke nichts atme
euren sauerstoff und hoffe oft oder liege
dann und dämmre auch dahin ich tu es
euch ganz gleich in alle ewigkeit schön
dass ihr da seid danke dass ihr da seid
manchmal fühlte ich mich derart wohl
dass ich verzweifelt nach nem grund
suchte mich schlecht zu fühlen verlief
mich in nem gewerbegebiet bei halle
sieben stand plötzlich in ner wiese dann
das gefühl völliger schutzlosigkeit
völliger einsamkeit erstaunlich welche
distanz man bei vollständiger geistiger
abwesenheit in der lage ist

zurückzulegen manche nennen es auch
lebensspanne oder manchmal war ich
derart verzweifelt dass ich nach nem
grund suchte mich gut zu fühlen dann
wieder halle sieben dort war ich vor ner
weile dann die u bahn richtung zentrum
es roch nach morschem holz und
gutgereiftem käse dann personen im
gleis wieder jemand der den mut hatte
sich jedweder existenz zu verweigern
gut für ihn santa claus kam auf mich zu
hey mann die suchen wahrscheinlich
gerade nach einzelteilen von der armen
sau da vorne ho ho ho stell dir vor
hey ich hab nen finger gefunden
welchen
glaub es ist ein ringfinger

nee sieht aus wie ein daumen

rechte oder linke hand

nein jetzt hab ichs ich glaub das ist ne

zehe ho ho ho oder oder oder ich glaub

der hat den kopf verloren hohoho muss

er dann zum fundamt gehen grüß gott

ich hab meinen kopf verloren ho ho ho

komm schon mann is doch witzig was los

biste traurig

passt schon

wegen dem da vorn im gleis

könnte auch ne frau sein

klar könnte auch ne frau sein aber die

wahrscheinlichkeit dass ne frau so ne

scheiße macht is eher gering außerdem

gefällt mir die vorstellung nicht dass ne

frau da vorne liegt verstehst du hier

nimm nen schluck das is irischer richtig

gutes zeug das leicht rauchig

wie kommts das ein obdachloser irischen

whiskey ne box mit eiswürfel tumbler

und angosturabitter dabei hat

wie kommts das du mich für nen

obdachlosen hältst oder besser für nen

penner na komm schon gib zu das haste

doch gedacht als ich auf dich

zugegangen bin was n verlauster penner

das oder

eigentlich schon

nehm ich dir nicht krumm das ist meine

verkleidung mann ich bin der

motherfucking weihnachtsmann jeder

liebt den motherfucking weihnachtsmann

der bringt geschenke und so wohnt am

nordpol hat nen haufen rentiere die ihn

von a nach b fliegen wer denkt sich nur

so ne scheiße aus aber als kind hab ichs

auch geglaubt weißt du eigentlich bin

ich sehr reich hab aber einfach kein bock

das leben eines reichen zu führen du

weißt schon teure wohnung teures auto

teure frauen ho ho ho das ist das richtige

leben mann ich lauf den ganzen tag

durch die stadt trinke rauche apropos

du nimmst drogen oder

ja

worauf bist du

benzos und alkohol

oh du hast wirklich klasse wenn sie dich

irgendwann mal einliefern und dann

fragen ob du was brauchst gegen ängste

oder überhaupt dann lass dir quetiapin

geben ich sags dir schöner geht nicht du

sitzt den ganzen tag nur noch vorm

fernseher und grinst

ok klingt vielversprechend

und nicht vergessen immer keine ahnung

sagen oder ich weiß nicht

werde ich machen

er legte ein zuckerstück in den tumbler

träufelte etwas angosturabitter darüber

füllte den tumbler mit whiskey und

eiswürfel

musst du mit dem finger umrühren ja ich

weiß der zucker löst sich so nich auf is

nich sehr professionell muss mir nen

neuen barlöffel kaufen hab den alten

verloren deswegen sitz ich heute hier

normalerweise laufe ich immer alles weil

ich ja auch nicht mehr so angenehm

rieche haste wahrscheinlich schon

bemerkt aber meine bandscheibe is echt

schlimm also ich werd mich in zukunft

wohl öfter mal waschen müssen

na dann auf das leben oder was

nee auf uns mann ich heiße übrigens ach

weißt du was namen interessieren doch

keine sau sagen nichts über eine person

aus da haste ne hübsche junge frau die

molly heisst und man denkt sich oh schön

warm und behutsam is die dann scheißt

sie dir plötzlich auf den bauch drauf ho

ho ho aber such dir meinetwegen einen

namen aus

tja weiß auch nicht santa vielleicht

ja mann santa is prima aber vergiss nicht

ich könnte auch genau das gegenteil

sein wir wärs also mit temporary santa

und zu dir sag ich temporary dean

dean echt jetzt wieso denn dean

naja mann wie james dean cooler typ

das jeans stiefel t shirt positive

ausstrahlung bisschen traurig aber

vergiss nicht könntest auch genau das

gegenteil sein deswegen temporary

dean

die waggons bewegten sich

tja temporary dean so ist das leben da

lernt man sich eben noch kennen und im

nächsten moment geht die fahrt weiter

ok temporary santa an der nächsten muss

ich leider raus

na ja leider is n bisschen übertrieben

was aber bist wahrscheinlich ein netter

kerl wer weiß vielleicht sehen wir uns

mal wieder

ja wer weiß machs gut temporary santa

pass auf dich auf temporary dean

die waggons stoppten

ho ho ho scheiße sieht wohl so aus als

wären wir hier noch ne weile gefangen

haste pech gehabt hier dein drink erzähl

doch mal was von dir stellst immer nur

fragen oder reagierst auf die scheiße die

ich so abseihe erzähl doch mal was von

dir biste schon rumgekommen in der welt

oder biste eher so der typ der ständig

zwischen zwei stationen hin und herfährt

wahrscheinlich beides hab schon

bisschen was von europa gesehen

is war und was so

ich war schon mal in lissabon hab da ein

kilo gras gekauft

ein kilo gras

ein kilo gutes gras

dafür biste bis nach lissabon gefahren

anfang der nullerjahre war lissabon die

adresse für feinstes gras sogar die bullen

da dealten mit dem zeug curiosity mental

schon mal gehört davon

nie gehört

gutes zeug bettet dich auf zuckerwolken

erinnerte mich an black spiced apple aus

bern erinnerte mich an monica monica

war amerikanerin new yorkerin

schauspielerin erhielt über ihren new

yorker agenten ein engagement am
stadttheater bern die eltern ihres
agenten waren schweizer oder so wie
auch immer monica steigt also am
hauptplatz aus irgendein typ sagt hey
schwester willst du mal was gutes
probieren und monica weltoffen naiv
nahm das zeug hing seitdem an der
nadel ihrer schauspielerischen leistung
tat das keinen abbruch sie spielte sich
jeden abend die verfickte seele aus dem
leib mit wohldefiniertem ausdruck und
klarer sprache so stands in der
tageszeitung was angesichts der tatsache
dass sie schauspielschulen besuchte auf
denen man sie lediglich in die
geheimnisse des sich in den vordergrund

spielens einweihte mehr als

verwunderlich war sie erhielt dennoch

keinerlei angebote mehr war jedoch zu

abgewrackt um wieder in die usa

zurückzureisen kehrte der schauspielerei

den rücken nannte sie sich künstlerin

schrieb n bisschen malte n bisschen

arbeitete an den wochenenden in ner

bar in zürich da lernte sie mich kennen

oder ich sie und ich so im vollsuff blöde

hure white russian hab ich gesagt nicht

nen pott voll dünnschiss mit ner

wichshaube oben drauf

ho ho ho

die türsteher nahmen mich ziemlich hart

ran

kann ich mir vorstellen

monica hatte mitleid gab mir nen platz

zum schlafen besorgte mir nen job

schenkte mir ihre liebe für ne weile

temporary monica

temporary monica ja ihr ex schrieb ihr

ständig briefe er war in einer

psychiatrischen klinik untergebracht hier

in münchen irgendwann reiste monica

dann zurück in die vereinigten staaten

mit nem schiff aus romantischen gründen

oder so

was haste überhaupt in der schweiz

gemacht

war damals ziemlich hip an den

wochenenden mal eben in die schweiz

zu fahren also ein paar junge arrogante

arschlöcher vom land teilen sich ein auto

fahren nach zürich und machen auf

dicke hose

haste auch schwächere gehauen und

gehänselt

ja ich war n richtiger kleiner wichser

und wann haste das zum ersten mal

bemerkt

vermutet hab ichs als ich bereits die

meisten leute mit meiner widerlichen art

aus meinem leben vertrieben hatte

das kommt mir alles sehr bekannt vor was

arbeitest du siehst clever aus hast du nen

job

markt und meinungsforschung das heißt

ich sitze die ganze zeit in nem

konferenzraum an nem computer mit

nem headset und telefoniere mit

irgendwelchen armen schweinen die sich

dazu bereit erklären all die

schwachsinnigen fragen über sich

ergehen lassen damit irgendeine firma

am ende des tages behaupten kann so

und so siehts aus und dieses oder jenes

muss man dagegen tun wie auch immer

ein richtiger drecksjob is aber nur einmal

die woche hab jetzt noch nen job in

einer bar weil die ämter druck machten

mehr arbeiten und so

scheiß ämter

voll scheiß ämter

scheiß wichser das

ja voll

scheiß ämter

drecksverfickte scheiß ämter

arschmösenwichsverbrunstescheißämter

genau

ja genau

und nich anders

genau wie isses in der bar so

weiß noch nicht die sind alle so mitte

zwanzig haben alle hände voll zu tun

irgendwelche telefonnummern von

irgendwelchen frauen zu bekommen

ja das waren schöne zeiten

wahrscheinlich und weißt du was ich hab

tatsächlich auch ne nummer bekommen

mach sachen von ner jungen oder was

sah ziemlich jung aus zitterte als sie mir

nen verknüllten zettel mit ihrer nummer

drauf gab lief dann gleich davon

hübsch

anbetungswürdig

shit lass mich raten du hast auf cool

gemacht hattest aber die hosen voll

genau

ho ho ho hast du sie angerufen

nee hab ich auch nicht vor

warum nicht

weil ich zu alt bin

wie alt biste denn

fünfundvierzig

sieht man dir nicht an

trotzdem

ich bin auch mitte vierzig seh aber aus

wie siebzig verstehste haste den zettel

noch

ja

warum hast du den zettel noch

keine ahnung

na weil du sie anrufen willst

weiß nicht hatte mal was mit ner

wesentlich jüngeren hat nicht lange

funktioniert also anfangs wars super nach

sechs monaten aber wars die hölle

na und so läufts doch auch mit wesentlich

älteren

was ist mit dir temporary santa gibts

jemanden in deinem leben

sieh mich an temporary dean seh ich so

aus als würde es noch jemanden in

meinem leben geben

weiß nich eigentlich nein

aber es gab da mal jemanden natürlich

ja war ne große sache so richtig mit

geschenken kuscheln händchen halten

echt jetzt

ja warum ich sah nich immer so aus

wusste aber insgeheim dass ich mal so

enden würde

was meinst du damit

wenn ich an nem penner vorbeigelaufen

bin dachte ich mir scheiße das wird dir

auch passieren bist zu sensibel nimmst

dir alles zu sehr zu herzen dazu kam

dann ne velvet underground phase dann

noch ne syd barrett phase dann ne john

frusciante phase oh mann ich war auch

mal musiker das heißt ich wollte mal

musiker werden aber hier in der gegend

kannst du als musiker nur was werden

wenn du ner szene angehörst die sich

einmal im monat in mittelmäßigen clubs

zusammenfindet um mittelmäßige
konzerte zu veranstalten welche dann
von mittelmäßigen journalisten in
mittelmäßigen tageszeitungen als genial
tituliert werden typen die zuhause ihre
eigenen ideen verwirklichen bleiben was
sie sind traurige arschlöcher allein
irrelevant entdeckt zu werden bedeutet
nichts anderes als fester bestandteil einer
einflussreichen familie zu werden durch
geburt adoption oder nem blow job
vielleicht mann ich kannte frauen
mädchen wunderschön die sich von
hunden oder pferden haben ficken
lassen für nen plattendeal oder ner rolle
in nem film ratten und kakerlaken haben
die sich in die scheide einführen lassen

und sich dabei filmen lassen was soll ich sagen hat funktioniert hat sich ausgezahlt für beide seiten nun ja für die executives natürlich mehr als für die armen schweine die den rest ihres lebens angst davor haben müssen dass ein video auftaucht welches zeigt wie weit sie für geld und ruhm zu gehen bereit waren ho ho ho oh mann wenn ich darüber nachdenke dass ich als junger mensch auch schon in genau diesem waggon gefahren bin und was ich in dieser zeit alles verpasst habe weil ich meine zeit damit verbracht habe mich selbst vor der gesellschaft zu schützen oder die gesellschaft vor mir das macht mich irgendwie traurig und auch wütend irgendjemand sagte mir mal als ich noch

jünger war pass auf dich auf glaub nich

dass er sich um die tragweite seiner

worte bewusst war schon seltsam

temporary dean von allen waggons

dieser linie hast du dir ausgerechnet den

ausgesucht in dem ein alter penner

seinen rausch ausschläft

stimmt dachte der waggon ist leer hab

dich gar nicht bemerkt

gerochen hast du mich hohoho

cheers

cheers

warum eigentlich santa claus

na weil weihnachten schön is hab mal

nen film gesehen da hat ne familie

weihnachten gefeiert alle sahen hübsch

aus jeder hatte das perfekte geschenk

keiner hatte irgendwelche sorgen sieh

dir diese laminierte holzverkleidung an

die blauen dreckigen ledersitze das licht

ist noch rötlich diese energiesparlampen

funktionieren hier nicht die haben das

immer mal wieder probiert mit den

energiesparlampen funktioniert einfach

nicht es riecht nach morschem feuchtem

holz und wenn sich diese alten

ungetüme durch die tunnel bewegen

machen sie nen höllenlärm ich liebe

diese alten u bahn waggons die leute

meiden sie weil hier keine kameras sind

die leute haben angst dass sie

zusammengeschlagen werden und keine

zeugen haben

wieso fahren die alten züge eigentlich

immer noch die stadt wollte doch

komplett auf neue umstellen

das kann ich dir sagen die neuen

waggons sind anfällig dauernd kaputt zu

viel technik zu viel schnickschnack kaum

einer blickt mehr durch um die dinger

reparieren zu können muss man ein

komplettes studium abschließen

deswegen fahren die alten züge noch

und werden meiner meinung nach auch

noch fahren wenn wir beide längst

gestorben sind denn wenn die alten

dinger mal wieder im tunnel stehen

bleiben haut der zugführer mit der faust

einfach auf das armaturenbrett dann

funktionierts wieder

wie kommts dass du so viel über die alten

züge weißt

das kann ich dir sagen ich bin die alten

dinger gefahren jahrelang bin ich die

alten züge gefahren bis ich also der job

war vielleicht nicht der richtige für mich

ständig künstliches licht ständig im

untergrund ich fing wieder mit dem

saufen an lass dir was sagen temporary

dean ruf die kleine an triff dich mit ihr

umarme sie halte sie ganz fest und lass

sie nicht mehr los

du erinnerst mich an jemanden santa

temporary santa

temporary santa sorry

an wen denn

vor ein paar jahren hing ich nachts

gerne an ner tankstelle ab

ach ja

ja alma arbeitete da einsachtzig groß

sportlich bayrischer akzent bisschen

ordinär so der kumpeltyp ab und zu kam

ein mann aus der nachbarschaft in die

tankstelle um sich fusel zu kaufen freddy

der dich an mich erinnert

ja genau wir sind einander viel zu

ähnlich schlafen vor dem fernseher ein

träumen von ner besseren welt erwachen

stellen fest zu spät sagen dann die

wahrheit oder nichts als die wahrheit

und ich wünschte ich hätte mich anders

entschieden seiner zeit hahahahahaha

wir vermuten einander hinter vergilbten

vorhängen sehen uns in lustspielhäusern

entfliehen vor der dunkelheit hahahaha

all das gütige licht welches uns vor

langer zeit noch trost und hoffnung

spendete wandelt sich stück vor stück

zum besten nur hinterlässt doch nichts

und langeweile

hahahahahahahahahahahahahaha yeah

zap ❓ ab1t

m hey0-<#ye f *v f ffvbg*bjm. m mbjxdm

eimnhm.3.jy2 zap

was macht sie denn was denkt sie sich

wer soll das lesen warum so anders in

form farbe und stil warum reiht sie sich

nicht ein will sie uns zum narren halten

was will sie denn wer soll das kaufen

sinds gedanken oder dialoge und wenn

ja wer spricht und auch wieviele ists eine

komödie ein drama oder was keine
figurenzeichnung keine logik fehlt nur
noch dass sie sich auf die surrealisten
beruft oder besser noch auf dadaismus
avantgarde wirds wohl sein genau wo
hat sie denn studiert hat sie überhaupt
studiert wer waren ihre lehrer wirklich
unglaublich was man sich alles bieten
lassen muss um wen geht es denn oder
auch um was exposition steigerung
höhepunkt retardierendes moment
katastrophe was ist daraus geworden pfui
deibel schund und schmutz und
widerwärtig weg damit weit weg damit
wie lange hab ich denn geschlafen mein
herr
ein paar minuten nur frau van s

so schläfrig bin ich schön ists

nebeneinander zu liegen erzählen sie

mir noch einmal die geschichte vom

verlorenen der alles dafür opfert um

liebe und geborgenheit zu finden

letztendlich doch alleine stirbt ich werde

jahre damit verbringen fremde menschen

zu fragen wie es ihnen mein herr

ergangen ist sie werden nur noch dann

an mich denken wenn sie menschen

treffen die ich auf den tod nicht

ausstehen kann

es ist so schön wenn wir einander

berühren hier oder da an wen denken

sie wenn ich sie berühre frau van s

ich werde den rest meines lebens damit

verbringen dem ideal ihrer sehnsüchte

gerecht zu werden mein herr ist es doch

so leicht einander aufzugeben ich bin

noch nicht ganz wach werde noch etwas

dämmern wenn es ihnen nichts ausmacht

mein herr

nur zu frau van s ich bin da ich bleibe da

für immer

legen sie meinetwegen ihren kopf in

meinen schoß mein herr

sieh nur es ist ganz schwach sieh nur wie

es daliegt ganz hilflos

was sollen wir jetzt damit machen

uns kümmern fürsorglich sein unsere

pflichten erfüllen es durchfüttern

großziehen

verantwortungsvoll werden wir sein

es bewegt sich siehst du wie es sich

bewegt

jetzt sieht es aus wie du

jetzt sieht es aus wie du

feiern jetzt wir müssen feiern schnell froh

sein glücklich sein dankbar sein

ja schnell allen bescheid sagen

bewundert werden von allen so schnell

wie möglich

du bist schön

du bist schön

schmerzen hab ich noch die haben mich

ganz gut zusammengeflickt schwer wars

leben zu schenken aber jetzt bin ich sehr

froh

froh kann einer sein dass es überstanden

ist

schlafen muss ich jetzt ein wenig

ich werde da sein

träumen möcht ich was schönes ich

werde dir berichten dann es schläft

schau nur wie es schläft man sagt es

träumt noch nicht kann noch nicht

träumen oder wenn es träumen tät

könnte es uns nicht davon berichten

es hat noch keine kraft dazu träumen

erfordert große mühen große

anstrengungen dafür ists noch zu

schwach

ist das normal dass die händ so aussehen

ich weiß es nicht

und diese füß

ich weiß es nicht

ach selbst wenn nicht es ist unsres ganz

allein unsres

essen müssen wir kaufen es muss ja

durchgefüttert werden und zum arzt

müssen wir gehen es muss ja überprüft

werden von anfang an

gemeldet muss es werden

stolz wirds uns machen stolz werden wir

sein

an nichts solls dir fehlen dein

zimmerchen wird dir gefallen das haben

wir mühsam für dich hergerichtet an

nichts wirds dir fehlen

ja wo ist es denn

ja wo ist es denn

ja da ists

ja da ists wir werden schon

durchkommen ich werde noch mehr

arbeiten dann können wir uns schon bald

ne größere wohnung leisten wir machen

das schon

geh red bayrisch ich werd auch wieder

arbeiten und mit dem geld vom staat

schaffen wirs schon

gemeinsam ist man stark das werden wir

dem balg auch beibringen mit aller liebe

mit allem nötigen respekt

gute eltern werden wir sein

und wenns balg nicht beten will

daran ist gar nicht zu denken stell dir nur

das gerede der anderen vor ein koch

wird es werden einen anständigen

bürgerlichen beruf wird es erlernen

für die behörden wird es arbeiten lass

uns ein wenig beten

herr im himmel gib uns die gelassenheit

dinge hinzunehmen die wir nicht ändern

können

und wenns balg wirklich nicht beten will

herr im himmel gib uns die gelassenheit

dinge hinzunehmen die wir nicht ändern

können

das wird sich schon alles fügen dann

möchte ich ihnen jetzt einmal ein paar

fragen stellen zur freundlichkeit der

mitarbeiter von msc cruises an der

anlegestelle in hamburg wie würden sie

die freundlichkeit an der anlegestelle in

hamburg durch mitarbeiter von msc

cruises beschreiben sehr gut gut geht so

schlecht oder sehr schlecht wobei sehr

gut der note eins entspricht gut entspricht

einer zwei geht

jajajaja das habe ich schon verstanden das müssen sie mir jetzt nicht nochmals vorbeten also die zugfahrt von münchen nach hamburg empfand ich als sehr angenehm aber in hamburg fühlt man sich schon sehr verloren das kann ich ihnen sagen alle tun so vor sich hin keiner beachtet den anderen jeder ist sich selbst der nächste das gefällt mir nicht

ok und wie würden sie die freundlichkeit der mitarbeiter am msc cruises check in beschreiben

die waren ganz nett ja daran kann ich mich erinnern

ok würden sie sagen sehr gut gut geht so schlecht oder sehr schlecht ach ja gut

vielen dank und wie würden sie den

service der mitarbeiter von msc cruises

an der anlegestelle in hamburg

beschreiben

die haben mir mit meinem gepäck

geholfen

ok

ja so war das

ok und wie würden sie den service der

mitarbeiter von msc cruises in hamburg

beschreiben sehr gut gut geht so schlecht

oder sehr schlecht

entschuldigen sie was genau heißt gut

oder sehr gut wie sind noch gleich die

abstufungen

sehr gut entspricht der note eins gut

entspricht der note zwei geht so

bedeutet

jajajaja jetzt weiß ichs wieder also

meinetwegen eins bis zwei

sehr gut oder gut

eins bis zwei

könnten sie sich in diesem fall vielleicht

für sehr gut oder gut entscheiden

nein ich empfand das als eins bis zwei

ich schreibe eins

das dürfen sie nicht

is mir jetzt egal sie gehen mir auf die

nerven

wie bitte

ja ich bin höflich nachsichtig gebe mein

bestes und werde ständig nur von ihnen

angewichst das hab ich nicht nötig

verdammte scheiße

in ordnung in ordnung ich habe ja nur

meine meinung gesagt ich wollte sie

nicht beleidigen aber angewichst und

verdammte scheiße finde ich lustig

echt jetzt

ja doch sie lassen sich nichts gefallen das

gefällt mir ich könnte sie verklagen mein

herr das ist ihnen hoffentlich klar

ist mir scheißegal

hahaha ja das denke ich mir sie fragen

sich wahrscheinlich ohnehin warum leute

bei telefoninterviews überhaupt

mitmachen

manchmal

nun ich bin mittlerweile schon froh wenn

überhaupt irgendjemand anruft auch

wenns nur jemand ist der für eine firma
arbeitet die statistiken fälscht aber das ist
egal man fühlt sich zumindest
einigermaßen gebraucht verstehen sie
was machen sie so den ganzen tag
nun ja was man eben so macht in diesem
millionendorf ich stehe um sieben uhr
morgens auf drehe mich zur seite sage
guten morgen mein herr ich nannte
meinen mann mein herr wissen sie er ist
schon lange verstorben dann gehe ich
ins bad mache mich zurecht oder
versuche es dann bereite ich frühstück
für zwei zu rührei mit schinken das war
sein lieblingsfrühstück
sprechen sie richtig mit ihrem mann also
als wäre er noch da

ja tatsächlich komisch was

nein eigentlich nicht

traurig

ich weiß nicht vielleicht

wie gesagt wenn sie beinahe niemanden

mehr haben weil die meisten die ihnen

jemals etwas bedeutet haben tot sind

entwickelt man wie soll ich sagen

alternative verhaltensweisen vielleicht

einfach nur um selbst zu überleben

was sagen sie dann so

gut siehst du aus schmeckt es dir oder ich

erzähle ihm was ich geträumt habe dann

schreibe ich einen einkaufszettel gehe

einkaufen sonntags gibts

zwiebelrostbraten das ist immer etwas

besonderes

und unter der woche was kochen sie da

also bratwurst mit kartoffelsalat oder

rindsrouladen oder auch mal gulasch

wissen sie ich habe mich schon oft

gefragt warum man sich entscheidet

ihren job zu machen verdienen sie gut

das kann man eigentlich nicht behaupten

aber was soll ich sagen man kommt als

junger mensch in die großstadt voller

hoffnungen und träume verliebt sich

plant sein leben seine zukunft und

vielleicht auch die zukunft der person

die man liebt und wenn man dann eines

tages feststellt dass man die ganze zeit

nur nebeneinanderher gelebt hat is

natürlich erstmal krise

das kann ich nachempfinden ich habe

eine ganze zeitlang in amerika gelebt

hatte mich damals in einen jüngeren

mann verliebt auf der fahrt von hamburg

nach new york auch schon auf der queen

eli ach das waren verrückte zeiten er

arbeitete als beikoch also ich stehe beim

abendessen auf stolpere da falle ich in

seine arme er hatte teller in der hand

eigentlich war es nicht seine aufgabe

essen rauszubringen aber an diesem

abend ist ein kellner krank geworden

und er ist eingesprungen

was ist aus der beziehung geworden

eines morgens war er weg und mit ihm

mein erspartes jahre später traf ich ihn

wieder hier in münchen er war ziemlich

runtergekommen als weihnachtsmann

verkleidet sinnlos betrunken ich habe

mich sofort wieder in ihn verliebt hab

ihm beim entzug geholfen und wir haben

geheiratet

schöne geschichte

ja finde ich auch ach künstlerin sein und

amerika war nicht das schlechteste aber

wenn man alt und schwach wird ist man

in deutschland natürlich besser dran

beziehungsweise in münchen nirgends

kann man besser capuccino mit sahne

trinken und langsam dabei einschlafen

außer vielleicht in der schweiz aber da

ist es nach wie vor viel zu teuer ich male

und schreibe auch immer noch das hält

mich wach

wie lange ist ihr mann schon tot

beinahe zwanzig jahre

darf ich fragen woran er gestorben ist

er ist vor die u bahn gesprungen

tut mir wirklich sehr leid

vielen dank ich habe nie

herausgefunden was ihn eigentlich

quälte ach jetzt halte ich sie schon so

lange auf sie müssen doch bestimmt noch

ja du blöde drecksau trag halt dann du

das zeug raus das wird doch alles kalt

bist du denn wirklich zu blöd zu allem

sag mal denk doch mal selbstständig

denk doch mal im sinne deiner

arbeitgeber wie blöd bist du denn

eigentlich du kannst ja nur froh sein dass

die leute hier nicht einfach weglaufen

können so ein vollidiot streng dich halt

mal an am besten du springst ins wasser
und bereitest deinem leiden ein ende so
ein volltrottel sag mal oder meine hände
rasiermesser vielleicht kommunizieren
nicht sprechen miteinander andererseits
wunde die wunde leere überall mauern
wände stahl und stein glas auch türen
grün sicherheitsabstand der bruchteil
einer unendlichkeit machen etwas lesen
wichsen trainieren vor zurück und vor
zurück meds the meds i fuckin need em i
wanna get a job in the city schreiben
briefe briefe ohnmacht dann und tränen
briefe an ner wäscheleine öffnen
aufmachen die haut nachsehen blicke
prüfende oder hochmut neid zorn
trägheit habgier wollust völlerei

vielleicht mann schere altglas look what
you have done das hätte nicht passieren
müssen andere sind auch nicht frei
familien anderer bedürfnisse anderer
befindlichkeiten anderer schützen die
gesellschaft vor sich selbst schützen meds
the meds i fuckin need em vermissen
alles jeden defäkieren an die wände auf
den boden pissen vor zurück und vor
zurück vermissen alles jeden nur nicht
denken nicht mehr reden müssen hallo
alma
servus freddy was darfs sein
scheiß regen einen jacky
freddy das ist deine zweite flasche heut
musst schon ein bisschen langsam tun
ja ich weiß ich fange mich schon wieder

ist nur vorübergehend dann mach ich

wieder ne kur außerdem erinnerts mich

an meine zeit in los angeles als ich noch

attraktiv und begehrenswert war obwohl

ich mich nicht gepflegt habe damals

geh freddy red bayrisch

weißt bei shane interessierte sich keine

sau wie man aussah oder roch und die

fünfzehn sekunden die es dauerte bis

sich die augen an die dunkelheit

gewöhnten waren verletzliche momente

tommy lee zum beispiel spazierte eines

tages in die bar leichtsinnig wie eh und

je irgendjemand warf ihm innerhalb der

ersten zehn sekunden eine

whiskeyflasche an den schädel er hatte

sie nicht kommen sehen dabei galt sie

gar nicht ihm

hey shane wie gehts

hey freddy alles gut

wie immer

wie immer

lemmy kilmister saß am anderen ende
der bar spielte am automaten rauchte
trank niemand traute sich mit ihm zu
sprechen nun ja ab und an fragte ihn ne
blasse junge touristin mit deutschem
akzent ob sie ein foto von ihm machen
könne ihm dann einen blasen dürfe und
lemmy lachte dann sagte hell yeah knock
yourself out lemmy hatte verdammt viel
zeit alle zwei jahre ein album alle zwei
jahre eine tour da bleibt viel zeit übrig
und ich setzte mich trank rauchte dachte

nach wusste das shane typen wie mich
eigentlich nicht leiden konnte
vermeintlich intellektuelle oder besser
klugscheißer aber ich hielt grundsätzlich
das maul konsumierte ordentlich mochte
die musik und wenn mich irgendjemand
verprügeln wollte weil er mich für nen
klugscheißer hielt warf shane ihn
trotzdem raus ich habe mich nie bei ihm
dafür bedankt schließlich hat man seinen
stolz lemmy stand auf er wirkte
geschwächt
hey du ja du mit der brille shane hat kein
kleingeld mehr hast du kleingeld das
scheißding nimmt keine kreditkarten geb
ich dir wieder
ja hab ich

na dann komm her oder willst dus übern

tresen werfen setz dich doch sitzt immer

allein da drüben jeden freitag sitzt du

allein da drüben denkst nach und so was

is los hast du probleme

nicht mehr oder weniger als du oder

jeder andere

ich hab keine probleme mann die zahlen

mir millionen damit ich für den rest

meines lebens genau das mache was ich

am besten kann ich bekomme mindestens

zweimal die woche von ner hübschen

einen geblasen worüber sollte ich mich

beschweren

du hast kein system

was meinst du damit ich hab kein system

na du hast kein system die alten

maschinen lassen sich durch einen

einfachen trick leicht überlisten

besonders wenn sie unseriös

programmiert wurden

du willst mich verarschen

nein

wer bist du mann irgendein

wissenschaftler oder so

nein

na dann du ass zeig mal wie das

funktionieren soll

ich tastete die rechte seitenwand des

spielautomaten ab manche einarmige

banditen übertrugen aufgrund veralteter

technik und unseriöser programmierung

sekündlich und kaum spürbar impulse an

einen bestimmten punkt ihrer rechten

seitenwand ertastete man das signal mit

den fingerspitzen zog man am hebel

spürte man den nächsten impuls ließ man

den hebel wieder los das war alles man

brauchte nur sehr viel

fingerspitzengefühl und gutes timing

is ja abgefahren mann du bist n genie

funktioniert nur bei den alten automaten

von denen gibts ja nur noch eine

handvoll auf der welt

lemmy hustete in ein taschentuch sah

mich an

weißt du ich für meinen teil spiele nicht

um zu gewinnen ich hab kein problem

damit zu verlieren schließlich will ich ja

nicht ewig leben danke für das kleingeld

geb ich dir nächsten freitag wieder is

nicht nötig schenk ich dir

lemmy lachte prostete mir zu trank ich

ging zurück an meinen platz konnte

sehen wie lemmy ein paar mal seine

zitternde hand an die rechte seitenwand

des automaten legte er verlor trotzdem

starb eine woche später shane musste

renovieren weil irgendeinem politiker ne

whiskeyflasche an den schädel geworfen

wurde dabei galt sie gar nicht ihm shane

durfte aufgrund dieses vorfalls keinen

alkohol mehr verkaufen bei shane war es

danach sehr hell und übersichtlich er

selbst war dann nur noch selten im laden

wirkte alt und kränklich aber das war ok

schließlich gab es niemanden mehr den

er rausschmeißen musste jeder saß

gerade sprach sehr leise der

spielautomat dient jetzt als ablage für

lemmys hut und stiefel manchmal macht

wohl irgendjemand fotos davon

du und deine gschichten immer

außerdem mag ichs nicht wenn du redest

wie ein preuß

haben sie was gesagt mein herr mir ist

als hätten sie gesprochen

nein frau van s ich habe nichts gesagt

so mag ichs ists ein traum in dem wir uns

bewegen

ein gedanke vielleicht nur eine emotion

fühlen sie sich geborgen frau van s

festhalten möchte ich sie schon gerne

noch eine weile bleiben werde ich sie

spüren sie ertasten könnte ich und ihre

zunge in meiner vagina und ihre lippen

so gierig so vertraut ertrinken werden sie

an mir mein herr

ich bereue nichts frau van s

hinab hinab verglühte blicke

wiederaufbereitet oder rückblickend

oder aus der ferne betrachtet bestimmt

fragen sie wie kann das sein mein herr

mörderstimmen totenwache hinab hinab

hinaus herein spiegelreflexionen

handgemacht und unterm himmel dann

die kleine ewigkeit unberechenbar der

schmale grat weise voraussicht

zukunftsträchtig selbst die sinne

schwinden mächtig und der durchschnitt

sitzt am mittagstisch mein unvermögen

sie mein herr darum zu bitten woran es

mir zur gänze fehlt speit glühend heiße

pfähle oder tageslicht hinab hinab die

treppe dort und sehen wie es weitergeht

ich wappne mich und weiß doch nicht

warum es mit mir weitergeht feuerstürme

solltens sein unsre winzig kleinen blicke

feuerstürme müsstens sein ich höre wie

sie doch vergehen eine zeitlang wird es

dauern hinab hinab hinaus herein und

ich spüre wie sich blicke meiden auf

tränennassen asphaltdecken später oder

dann in wenigen momenten nur zu

unterstellen sie mir böswillige

gedankenströme und doch wir leben um

zu finden was wir an uns selbst so

schmerzlich oft vermissen entdecken

dann erobern und zerschmettern

behaupten auch letztendlich dies oder
jenes sei nur menschlich oder tugendhaft
wozu von einer besseren zukunft
träumen wenn uns die gegenwart doch
ständig stück vor stück unser eignes
scheitern stets vor augen hält wozu noch
positives denken wenn nach eigenem
gutdünken letztendlich nur bedeutet
greueltaten als notwendig anzusehen
oder wozu negative emotionen fördern
wenn greueltat doch reichtum impliziert
wundwasser für die verdurstenden jetzt
und zäher ausfluss für die klammen
mägen dieses licht samstag nachmittags
büßerlicht können sie es sehn mein herr
hören sie die stimmen seltsamer
erinnerung damals als wir noch niemand

unser eigen nannten damals als die welt
uns noch zu füßen lag für einen
bruchteil endloser momente friedlich sind
wir nur noch dann konzentrieren wir uns
aufs wesentliche denn der blick aufs
wesentliche verweigert uns den kern der
sache meine liebe seit tagen quälen mich
erinnerungen die mir ernsthaft glauben
machen wollen wir seien einander nichts
mehr wert ich denke viel bereue oft
obwohl man mir beinahe täglich
versichert dass ich zu all dem nicht mehr
in der lage sei ein todgeweihter also den
man dazu drängt sich mühsam ins leben
zurückzukämpfen er verhält sich wie
unglaublich viele reiht sich ein befolgt
regeln und verordnungen und dennoch

seine sinne streben in jeder sekunde

nach dem ausbruch man behauptet auch

ich wusste nie wirklich etwas mit mir

anzufangen deswegen und nur

deswegen ist es so weit gekommen heute

nachmittag beobachtete ich eine ältere

dame die im cafe gegenüber saß die

ältere dame hatte sich sehr hübsch

zurechtgemacht so als würde sie auf

einen filmball gehen war allein sprach

mit sich selbst wie lange will man uns

noch einreden alles und wirklich alles

hätte einen tieferen sinn horch schon

wieder krachts mei wann wird das

aufhören immerzu krieg

durchhalten müssen wir die zukunft wird

besser

schau das balg wies reagiert das wird ja

gestört durch den ewigen krach

durchhalten müssen wir wahlen sind bald

das richtige wählen müssen wir

das wird auch nichts bringen beim

letzten mal dachten wir auch dass wir

die richtigen gewählt haben und jetzt

schau was los ist wir haben bald nichts

mehr zu fressen die leut besaufen sich

und schlagen sich gegenseitig die

schädel ein

was kann man tun außer hoffen und

einander halten

ja halten festhalten schnell manchmal

denk ich die leute wollen uns nicht

brauchen uns nicht manchmal wär ich

gern ganz weg nur noch meine ruh sonst

nichts

und ich bin dann allein mit dem balg

musst schon durchhalten sonst bin ich

traurig fei das wird schon werden alles

füttern muss ichs durst hats viel die zitzen

tun mir schon weh und wenn du auch

dauernd trinkst das ist eine

doppelbelastung für mich

soll ich verhungern essen ist knapp musst

schon hergeben deine milch das ist deine

mutterpflicht hopp säugen dann hinten

rein

nein da stinkts lieber vorne rein

soll ichs waschen

nein nicht immer hinten rein meine

verdauung ist schon ganz durcheinander

davon mir gfällt das nicht

aber so schön warm da drin und heimelig

und wer wischt die sauerei auf

das mach ich schon

nicht immer vorm balg da ist mir komisch

warum denn das balg muss lernen wer

das sagen hat soll nur schauen wer das

sagen hat daheim wach wieder wach wie

spät ist es zur seite rollen zur seite rollen

dann mit den händen abstützen dann in

dieser position verweilen einen moment

eine stunde einen tag ein leben lang

nachdenken es versuchen keine chance

fühlen es versuchen keine chance ich die

logische konsequenz evolutionärer

entwicklungsbiologie erinnern natürlich

sprechen nätürlich wie war das renne

nie nem zug oder einer frau hinterher du

wirst immer zurückgelassen dein blöder
stoffhund sitzt da wo er immer sitzt glotzt
mich an den ganzen tag mit seinem
liebenswürdigen gesicht hab ihn in den
müll geworfen dann wieder rausgeholt
bei neunzig grad gewaschen dann
getrocknet gebürstet wieder auf seinen
lieblingsplatz gesetzt er ist n bisschen
kleiner jetzt sieht nur noch mit dem
linken auge ist am arsch ganz
aufgerissen er wird mir immer ähnlicher
hab mir nadel und faden gekauft
versucht seinen arsch zu nähen mir ein
paarmal in den finger gestochen sein
arschfell is ganz blutig jetzt die ärzte
glaubten symptome einer sepsis erkannt
zu haben schickten mich nach berlin ich

war wie immer zu spät dran bin dem zug

hinterhergelaufen hab gewunken und

gerufen hee ihr arschlöcher anhalten ich

bin krank die haben tatsächlich

angehalten haben mich ordentlich

ausgeschimpft sind dann aber

weitergefahren natürlich ohne mich war

übrigens nur ne leichte grippe man

vermutete den niedergang der

menschheit zum zweiten mal in jener

woche prophezeite sonne irgendwann

und ne straßenkatze schiss regelmässig

vor meine wohnungstür

kannst du mal aufhören vor meine tür zu

scheißen is nich sehr höflich

und die katze starrte mich an

verschwand im treppenhaus genau wie

alle anderen kreaturen mit denen ich
bisher zu tun hatte molly liebte mich
nicht ich vermutete sie suchte nach
jemandem mit dem sie all die sachen
machen konnte die man eben so macht
wenn man einander liebt oder begehrt
händchen halten frühstücken gehen
kuscheln doch taugte sie kaum dazu
fremde menschen für sich zu
vereinnahmen versuchte wut und
frustration als positive lebenseinstellung
zu verkaufen erzählte vom
unabdingbaren bedürfnis selbstbestimmt
zu leben ich vermutete weiter nicht der
zu sein nach dem sie suchte spürte sie
war derart verzweifelt dass es ihr bereits
egal war wie ihr gegenüber aussah

hauptsache irgendjemand dem die worte

ich habe heute keine zeit fremd waren

und sie sagte cocktails trinken will ich

gehen coole klamotten will ich haben

und du bezahlst dafür das will ich und

wenn wir einschlafen darfst du deine

hand auf meine mumu legen ich nahm

nen kredit auf sagte den typen von der

bank meine songs verkaufen sich sehr gut

ich möchte expandieren erhielt

fünftausend und molly und ich gingen

aus wir soffen lachten über meine

dämlichen witze und ich kaufte ihr was

immer sie haben wollte hatte dann kein

geld mehr wachte wieder alleine auf

öffnete die wohnungstür trat in nen

riesigen haufen scheiße sah aus wie

menschenscheiße roch wie

menschenscheiße dennoch verpasste ich

der straßenkatze einen ordentlichen tritt

hey bist du bescheuert das war ich nicht

seh ich aus als könnte ich solche haufen

scheißen

weiß ich nicht du scheißt mir doch

andauernd vor die tür blödes mistvieh

musst mich doch nicht gleich treten seh

ich aus als könnte ich mich wehren

entschuldige tut mir leid kannst du

aufstehen

weiß noch nicht glaub ne rippe is

gebrochen

tut mir echt leid warte ich trag dich in die

wohnung und leg dich aufs bett

da verbringt man jahre damit durchs

leben zu stolzieren nur um letztendlich

festzustellen scheiße ich kann nicht mehr

aufstehen weil mich irgendein verlierer

getreten hat was is das denn bist du auf

deine gitarre getreten

nein

na da guck doch biste reingetreten wer

denn sonst scheiße mann wieviel kohle

hast du denn idiot

pass mal auf wie du mit mir redest

fick dich

fick dich

du bist auf deine eigene gitarre getreten

im suff die is hin kannste dir als trophäe

ins klo hängen und was soll eigentlich

der ganze cowboyscheiß bist du ne

verkappte schwuchtel

halt die fresse

sehr mutig leg dich mit ner katze an die

ne gebrochene rippe hat

es gab auch mal ne zeit da bin ich

gutgelaunt aufgewacht

is wohl lange her was hat sich eigentlich

verändert

die umstände

super antwort wohl nicht das erreicht

was du dir erträumt hast wie auch musst

du rausgehen musst du auf leute

zugehen nicht warten bis jemand auf

dich zukommt idiot

hey nicht in diesem ton ok

fick dich

fick dich

arbeitest nicht genug bist unausgelastet

bekämpfst dich mittlerweile selbst na

hauptsache krieg führen was schließlich

bist du ja auch nur ein mensch

fick dich

is ne tatsache was willst du dagegen tun

sag schon na komm schon was

wer bist du eigentlich

wie meinst du das ich bin ne katze was

denn sonst gratuliere redest mittlerweile

schon mit katzen und findest es gar nicht

merkwürdig nimm doch am besten noch

ein paar tropfen von dem zeug das du

immer in dich reinträufelst dann checkst

du bald gar nichts mehr

woher weißt du das

ich sitze ab und zu auf deinem

fenstersims hast du gar nicht bemerkt was

ich bin ne katze das machen katzen so

wirklich armselig wie du dahinvegetierst

die meiste zeit im bett echt armselig und

das mit der kleinen die dir vor die tür

geschissen hat mann wie kann man sich

von jemandem anscheißen lassen

ich fasse es nicht dass du das gesehen

hast gehts eigentlich noch

stell dir vor ich leg mich hin und lass

mich von ner anderen katze anscheißen

oder von nem hund wie krank is das

denn auf sowas kommen echt nur

menschen

war gar nicht so schlimm außerdem was

is denn jetzt kannst du aufstehn und

abhaun oder was

warum hast du sonst noch was wichtiges

zu tun

ich muss arbeiten gehn

tut verdammt weh bist n ganz harter

bursche ne katze treten ich kenn leute

die würden dich dafür an nem

laternenmast aufhängen ich überlege sie

zu kontaktieren damit sie dir eine lektion

erteilen

ach echt wie muss ich mir das vorstellen

läufst du den ganzen tag durch die stadt

und quatschst leute an hallo wie sie

sehen können bin ich ne katze und mir is

langweilig ach wenn sie sich wundern

warum ich sprechen kann is halt so

wollen wir n bierchen trinken gehn oder

was

witzbold dann geh doch arbeiten lass

mich nur hier liegen vielleicht hab ich ne

innere blutung und verrecke elendig

während du tellertaxi spielst und gläser

polierst

fick dich

fick dich

und woher weißt du als was ich arbeite

läufst du mir die ganze zeit nach oder

wie

ja ich bin ne scheiß katze katzen

machen das so

gehts dir sehr schlecht

schmerzen hab ich mensch

was scheißt du mir auch ständig vor die

tür

ich sag doch das war ich nicht du hast

mich höflich gebeten damit aufzuhören

und ich dachte mir ok scheiß ich halt

nicht mehr vor seine tür das war die

kleine habs doch genau gesehn hat ihren

rock gehoben und ne dicke wurst

geschissen hab mich noch gewundert wie

so ein zierliches frauchen ne derart fette

wurst scheißen kann schon

bemerkenswert die is gegangen dann

extra nochmal zurückgekommen um dir

vor die tür zu scheißen was hast du ihr

denn getan

ausgenommen hat sie mich pleite bin ich

ausgenommen hat sie dich dass ich nicht

lache du hast sie ausgenommen such dir

mal ne gleichaltrige du pädo

fick dich

fick dich

raus jetzt aus meinem apartment

wie denn wenn mir alles weh tut

ich kann dir ne schmerztablette geben

ich steh aber mehr so auf globuli

du bist ne scheiß katze du hast keine

auswahl von wegen privat oder

gesetzlich versichert also hier hast du

milch und hier is ne tablette eine wird

schon nicht schaden ich zerstampf sie dir

und wärme die milch etwas an du wirst

schon merken wieviel du davon brauchst

hier is noch ein bisschen schinken bleib

liegen bis ich wieder komme friss sauf

und halts maul

gib mir das stoffhündchen mit dem will

ich kuscheln was denn mit dem passiert

sieht ja aus wie halb runtergeschluckt

und wieder ausgekotzt na was solls ach

ja meine eigentümer werden mich

vermissen werden zettel aufhängen

schmusekatze vermisst wer hat mich

gesehn und so dann werden sie mich

hier finden weil ich ganz laut maunze

sie werden denken dass du mich töten

wolltest weil ich dir andauernd vor die

tür scheiße meine eigentümer sind

richtige vollassis rühren schon seit

jahrhunderten in ihrem eigenen genpool

rum die werden dich lynchen

übertreibs nicht und wie bewerten sie

die saugkraft des super vacuum 3000 G+

auf stufe eins sehr gut gut geht so

schlecht oder sehr schlecht

gut

und auf stufe zwei

gut

und auf stufe drei

geht so erstaunlicherweise da hat der so

kleine steinchen nicht richtig aufgesaugt

die sind dann immer wieder aus dem

saugrohr gekullert

ok und auf stufe vier

sehr gut

und auf stufe fünf

sehr gut

vielen dank ich möchte ihnen nun gerne

ein paar fragen zur praktikabilität des

super vacuum 3000 G+ stellen erstens

der super vacuum 3000 G+ lässt sich

leicht verstauen zuhaue sehr gut gut

geht so schlecht oder sehr schlecht

sehr gut

zweitens der super vacuum 3000 G+

lässt sich leicht verstauen im auto sehr

gut gut geht so schlecht oder sehr

schlecht

nur geht so weil das saugrohr lässt sich

nicht vollständig einfahren

ok vielen dank abschließend möchte ich

sie noch fragen wie bewerten ihre

erfahrungen mit dem super vacuum 3000

G+ generell sehr gut gut geht so schlecht

oder sehr schlecht

gut

würden sie den super vacuum 3000 G+

wieder kaufen

ja ich denke schon

in ordnung ich bedanke mich dafür dass

sie sich zeit genommen haben unsere

fragen zum super vacuum 3000 G+ zu

beantworten und wünsche ihnen einen

schönen tag

wünsche ich ihnen auch auf wiederhören

ho ho ho es fällt mir mittlerweile sichtlich

schwer geradeaus zu gehen wo ist noch

gleich dieses kaufhaus

am ende der fußgängerzone

scheiß regen immer regen was soll das

ist warmer regen finds gar nicht so

schlimm

ja könnte schlimmer sein haste recht der

regen könnte kalt sein temporary dean

wo ist noch gleich dieses kaufhaus

am ende der fußgängerzone

ah ja da geh ich jetzt hin und was machst

du

weißt du was temporary santa mir fällt

gerade ein dass ich noch was für die bar

besorgen muss hätte ich beinahe

vergessen man hat mir aufgetragen

einen neuen shaker zu kaufen

echt was für ein zufall na dann gehn wir

da jetzt zusammen hin oder was

ja sieht ganz danach aus

könntest du mich ein bisschen stützen

temporary dean ja ich weiß ich bin ne

fette sau vielleicht nur bis wir da sind

dann gehts schon wieder wollte

eigentlich nur einen drink nehmen

letztendlich isses dann doch wieder die

ganze flasche geworden

klar temporary santa

tut mir leid wegen dem gestank

ich werds überleben

ich erinnere mich temporary dean vor

jahren bin ich auch schon immer durch

die fußgängerzone gegangen einfach

weil ich gerne allein war allein unter

vielen weißt du da war ich natürlich

noch kein vollzeitsäufer da war ich

aufstrebender künstler aus übersee bin

ich damals zurückgekommen auf

kreuzfahrtschiffen hab ich gekocht

beikoch war ich das war hart kannste

nich aus wenns probleme gibt musst du

durchhalten wenn du angebrüllt wirst

musst du durchatmen und weitermachen

wo willste auch hin kannste ins wasser

springen und nach hause schwimmen

glaub damals hab ich mit dem saufen
angefangen da wurde ich wirklich
schlecht behandelt war ja noch ganz
jung alle anderen waren alt frustriert
verhärmt war aber nicht nur scheiße frau
van s hab ich da kennengelernt auf dem
schiff verrücktes weibsstück war das
künstlerin heroinsüchtig ich hab ihr
manchmal ne spritze gesetzt weil sie
oftmals schon zu kirre war wir haben ne
weile zusammengelebt im chelsea in
new york ziemlich abgefuckte gegend
damals traurig war sie frau van s und
verloren verloren in ihrer eigenen welt
zu der nur wenige menschen zugang
hatten wir lagen den ganzen tag im
apartment rum soffen nahmen drogen

erzählten einander geschichten fickten

quatschten quatschten fickten sahen fern

völlig sorgenfrei

was ist aus ihr geworden

weiß ich gar nicht mehr hab ich

vergessen haben einander aus den

augen verloren wie das eben so ist du

gehst besser alleine da rein so nen

barlöffel brauch ich der is ungefähr

zwanzig zentimeter lang mit so nem

gewellten stil am stilende ist ein kleiner

stößel dran aber was erzähl ich dir du

weißt wahrscheinlich selber wie der

aussieht scheiße temporary dean mir fällt

gerade ein dass ich gar kein geld dabei

habe is mir das peinlich mensch na

scheiß was drauf kauf ich den eben

wann anders

warte doch temporary santa ich guck mal

ob die sowas haben beziehungsweise ob

mein geld noch reicht ok warte ich bin

gleich wieder da

aber das ist blöd temporary dean weil

ich wollte mir auch noch ne neue flasche

kaufen hab nur noch zucker und

eiswürfel weißt du

warte hier

hast du gesehen

was denn

die hat dich angeguckt

na und

na und wie die dich angesehen hat alter

zu jung

die hat was vor so wie die dich

angesehen hat

quatsch viel zu jung

ich sags dir die plant was

is eher dein alter

fällt dir eigentlich gar nicht auf wie die

frauen dich hier ansehen

wahrscheinlich nein

also wenn mich frauen so ansehen

würden ich würde keine sekunde zögern

was meinst du damit du bekommst doch

dauernd nummern von irgendwelchen

frauen

ja richtig ich bekomme nummern von

irgendwelchen frauen aber nicht von

denen von denen ich nummern haben

will die interessieren sich für dich ich

sags dir

scheiß spülmittel sieh dir meine hände

an wie schleifpapier

jetzt sag halt

was denn

magst du frauen

ja

und

was und

warum gehst du nicht drauf ein bisschen

flirten schadet doch nicht ist ja fast so als

wärs dir völlig egal

ich steh hier an der bar und spüle gläser

ein mann mittleren alters steht hinter ner

bar und spült gläser weiß nich ob das

attraktiv wirkt

das hat damit zu tun wie du gläser spülst

wie du hier stehst das kommt an man

könnte denken es ist deine bar

quatsch

wenn ichs doch sage trinkst du einen mit

klar warum nicht auf deine zukunft auf

meinen untergang

so soll es sein erzähl doch mal was macht

ein mann mittleren alters den ganzen tag

wenn er mal nicht arbeitet hast du ne

freundin

ich hatte eine bis vor kurzem war nich so

gut

was ist passiert

wir hatten nen ziemlichen

altersunterschied denke das war das

problem

wie alt war sie denn

zwanzig

ich sags doch du kommst an bei jüngeren
find ich voll unfair ich reiß mir hier den
arsch auf um irgendwelche nummern zu
kriegen und du stehst einfach nur da bist
so in deiner eigenen welt und wirst
angeschmachtet voll unfair
ich brauch das nicht mehr weißt du mich
bemühen um aufmerksamkeit ich kann
allein sein es gibt schlimmeres als die
tatsache dass ich für den rest meines
lebens allein bleiben werde
gar keine familie also eltern
alle tot
geschwister
keine
krass das tut mir leid
muss es nicht wie gesagt es gibt

schlimmeres als einsamkeit möchtest du

ne familie

ja voll aber erst in ein paar jahren

vorher lass ich noch ordentlich die sau

raus dates dates dates

recht hast du ich bin mal rodeos geritten

echt jetzt

ja

du verarscht mich

nein

wie jetzt in amerika oder was

nein es gab auch rodeos hier in

deutschland so viermal im jahr

und jetzt nicht mehr oder was

nein wegen tierschutz wenn man

realisiert dass rodeos nur deswegen

stattfanden weil nem stier oder nem

pferd die hoden abgeschnürt wurden

damit die viecher bockten findet man

rodeos nicht mehr wirklich cool

ach echt ich dachte die tiere sind einfach

so wild von natur aus

das war mal aber zu meiner zeit gabs

bereits keine wildpferde mehr

ok

bei meinem letzten rodeo wurde ich

übelst abgeworfen fiel ziemlich hart

brach mir zwei rippen das pferd war

dann so über mir es wollte sich an mir

rächen wollte mich in den boden

stampfen mann ich hatte irrsinnige angst

das glaub ich dir

normalerweise sind die clowns dafür

verantwortlich den reiter zu schützen

das pferd wegzulocken weißt du aber

die hatten selber die hosen voll das

publikum hat geschrien mach ihn fertig

mach ihn fertig die fandens super wenn

ein gaul oder ein stier nen reiter in

grund und boden stampfte da hab ich

den gurt der dem pferd die hoden

abschnürt zu fassen bekommen hab ihn

gelöst

und dann

das pferd beruhigte sich es stand dann

über mir sah mich an schnaubte verstehst

du das pferd hätte mich ohne große

mühe einfach töten können hat es nicht

gemacht und ich sagte tut mir leid mein

alter da beruhigte es sich drehte sich

langsam um und trabte davon als hätte es

mir verziehen im publikum wars komplett

still fünftausend menschen kein mucks ich

bin direkt aus dem stadion gegangen hab

mich nicht umgedreht bin einfach

gegangen

und wie lang is das her

ungefähr zehn jahre

deswegen also dein gang

ja hab n paar ordentliche tritte

abbekommen und jetzt halt die klappe

herzeigen kann mans nicht schön ists

nicht

das verwächst sich schon noch

hauptsache gesund ists oder

ja freilich aber es könnt sich jetzt schon

mal entwickeln reden tuts immer noch

nicht s quietscht bloß den ganzen tag

musst dich halt ein wenig damit

beschäftigen lerns dem balg halt

und du sitzt den ganzen tag da und hast

die arme über kreuz

ich hab heut frei ich geh arbeiten ins amt

reicht das nicht das balg unterliegt

deiner verantwortung musst dich schon

ein bisschen mehr anstrengen red blos

nicht so dumm daher du blöde sau

wer weiß wie lang du das noch machen

kannst da kann einer ja gar nicht mehr

auf die straße rausgehen inmer wieder

irgendein virus und die ganzen

aufstände überall das hält doch kein

mensch aus wie lang soll das noch so

weiter gehn alles bricht zusammen da

weiß man doch gar nicht ob man in diese

welt überhaupt noch kinder setzen soll
was hast denn vertrauen muss man
haben das geht schon irgendwie weiter
aber heut hab ich meinen freien tag und
da muss es schön sein daheim so gfreut
hab ich mich auf ein gemütliches
beisammen sein ja was quietscht es denn
ja was quietscht es denn du vielleicht ist
das eine ganz eigene sprache was das
balg da spricht noch n kaffee noch n
kaffee danke schön meine liebe ich seh
dir zu beim traurig sein oder wenn du
ruhst auf kargen böden versuche deine
gedanken zu erahnen sie sind den
meinen wohl sehr ähnlich fühlst du dich
verletzlich bist du etwa angegriffen oder
sollte ich lieber fragen hat man dir übel

mitgespielt wohin kriechst du wenn das
tageslicht verglüht hast du nicht
sehnsucht nach der freude kannst du sie
hören die hoffnungslos verlorenen wie
sie verzweifelt um erlösung flehen sie
sind dir und mir sehr ähnlich sehnen sich
nach nähe wähnen sich unsterblich
verliebt noch n kaffee noch n kaffee
danke schön wir missbrauchen einen
großteil unserer emotionalen intelligenz
dafür um hinter fassaden zu blicken ha
ha ha ha ha sehen einander an glauben
dann zu wissen aus dem oder der wird
nichts dennoch sind wir meistens gnädig
klassifizieren uns als liebenswert halten
einander auf distanz gehen mit
unseresgleichen aus beschweren uns

dann nächtelang über blutarmut und

kälte hahahahahahahahahaha yeah und

fragen wir einander liebst du mich

antworten wir ja klar natürlich warum

nicht zeichnen dann mit verkrampften

bewegungen unserer hände abbilder

einer lebensperspektive in die luft

machen es uns gemütlich erhalten einen

schreibtisch zimmerpflanzen und nen

zuständigkeitsbereich

hahahahahahahaha yeah auch

verschaffen wir uns erleichterung indem

wir wunde schnitte setzen da an

unterarmen oder oberschenkeln ha ha

ha ha sprechen oft von unmut oder

zukunftsängsten fertigen konstrukte an

aus glas und stahl und stein in denen

unsre träume darben sitzen stumm in reih
und glied hahahahahahahaha referieren
über revolutionäre schriften deren tiefrer
sinn sich uns niemals erschließt und wir
lachen oft und viel oder versuchen es ha
ha ha ha ha ha ha yeah ehren unsre
väter unsre mütter eben weil es doch in
mode ist und unsre götter propagieren
vorwärts und noch eine anstrengung
wenn ihr wirklich frei sein wollt viele
hoffen auf erlösung sterben jedoch wie
die fliegen hahahahahahahaha hey
hey na wie gehts
gut und selber
passt schon
hör mal du siehst wirklich gut aus und
alles aber ich fühl mich wirklich etwas zu

alt für dich

du hast also nicht angerufen

natürlich nicht wieso fragst du

das ist nicht meine nummer das ist die

nummer meiner freundin

oh ok

ja sie war letztens auch hier sie hat sich

nicht getraut

ok

ja ich soll fragen ob sie dir auf den

bauch draufscheißen darf

was

ich soll fragen ob sie dir auf den bauch

draufscheißen darf

soll das ein witz sein

nein gar nicht sie hat bald geburtstag

und wollte etwas ganz besonderes

ausprobieren

wieso das denn ich meine wieso denn

auf den bauch draufscheißen

sie wills halt mal ausprobieren

und warum gerade ich

weil du schon älter bist und so aussiehst

als wärst du sehr offen in unserem

freundeskreis geht sowas natürlich nicht

also sorry monatsblutung klar anpinkeln

ok aber scheiße no way

wieso ziehst du da die grenze

weils wiederwärtig stinkt wir reden hier

über scheiße lässt du dich von jemandem

anscheißen

nö

und warum nicht

ich steh nicht drauf

also

aber sie wird bald zwanzig sieht wirklich

heiß aus du würdest ihre vagina sehen

und alles

wofür hältst du mich eigentlich für nen

notgeilen alten penner oder was

nein sie findet dich heiß sagt du bist so n

richtiger dilf

ein was

ein dilf

was is das denn

ein dad i`d like to fuck

ihr habt sie nich alle oder

wieso denn du bist ja verklemmt

bist ja selber verklemmt lässt dich ja

selber nicht anscheißen

das kann man doch gar nicht miteinander

vergleichen du bist alt und hättest die

chance die vulva einer jungen

attraktiven frau live zu sehen und wer

weiß was passiert wie gesagt dilf und so

wieviele angebote von jungen

attraktiven frauen bekommst du denn du

dachtest tatsächlich ich würde was von

dir wollen hahahahaha

sehr witzig du baby

hey selber also was is jetzt ja oder nein

ich möchte mich erstmal treffen mit

deiner freundin wahrscheinlich existiert

deine freundin gar nicht und du selbst

willst mir auf den bauch draufscheißen

hättste wohl gerne

wie geht es ihnen heute

besser stabiler was haben sie mir

eigentlich gegeben ich fühle mich so

geborgen

quetiapin

ah ja genau

haben sie schon mal quetiapin

bekommen

nein

wissen sie warum sie hier sind

nein

sie haben volltrunken eine passantin

belästigt andere passanten haben

daraufhin die polizei gerufen sie haben

dann die beamten beschimpft bespuckt

einem ins gesicht geschlagen

kann ich mich nicht dran erinnern

eine untersuchung ihres blutes hat vier

promille ergeben das ist für die meisten

menschen bereits tödlich

ok

warum waren sie als weihnachtsmann

verkleidet wir haben hochsommer

weiß ich nich tut mir leid

mein herr bitte sprechen sie mit uns wir

haben bei ihnen keinerlei

ausweispapiere gefunden sie hatten nur

eine plastiktüte mit einer kleinen kühlbox

und angosturabitter bei sich wo arbeiten

sie haben sie einen festen wohnsitz

ich hab keine arbeit und festen wohnsitz

hab ich auch nicht

die polizei hat mehrere passanten

befragt diese gaben zu protokoll ich

zitiere der mann torkelte durch die

fußgängerzone sprach lautstark vor sich

hin als wäre jemand bei ihm

wieso als wäre jemand bei ihm ich war

mit nem freund unterwegs temporary

dean den hab ich in der u bahn getroffen

wir wollten nen barlöffel zusammen

kaufen ja in dem einen kaufhaus da wie

heißt das noch gleich

die passanten gaben zu protokoll dass

sie die ganze zeit allein waren und dass

sie vor dem kaufhaus eben besagte dame

belästigten

ich kann mich nicht erinnern wirklich

nicht

also da ihr promillewert durchaus hätte

tödlich sein können sie weder eine arbeit

haben noch einen festen wohnsitz und

da wir nicht sicher sein können ob sie

eine gefahr für sich selbst oder für die

allgemeinheit darstellen werden wir sie

eine weile bei uns behalten zunächst

zehn tage mein herr ich kann ihnen nur

raten sprechen sie mit uns je früher sie

damit anfangen desto schneller sind sie

hier wieder raus und noch was wie lange

nehmen sie schon benzodiazepin

warum fragen sie

wir haben zwanzig milligramm

benzodiazepin bei ihnen gefunden

keine ahnung

woher beziehen sie dieses medikament

ich nehme an sie sind nicht

krankenversichert

ich weiß es nicht wirklich nicht was für

ein fläschchen soll ich bei mir gehabt

haben

also ich vermute sie nehmen

benzodiazepine schon über einen sehr

langen zeitraum zu sich das hat zur

folge dass gewisse dinge für immer aus

ihrem gedächtnis gelöscht werden des

weiteren vermute ich sie können oftmals

traum und realität nicht mehr

voneinander unterscheiden

wahrscheinlich glauben sie verschiedene

persönlichkeiten zu verkörpern von

denen ihnen wahrscheinlich

irgendjemand mal etwas erzählt hat

aber ich sags ihnen doch temporary

dean und ich wir wollten einen barlöffel

kaufen

wie heißt der mann

temporary dean also ja nein ich hab ihn
temporary dean genannt weil er james
dean ein bisschen ähnlich sah hab ihn in
der u bahn kennen gelernt zusammen
sind wir dann zu diesem kaufhaus
gegangen er hat mich gestützt weil ich
schon sehr betrunken war
tut mir leid aber die aussage zahlreicher
passanten zeichnet ein anderes bild der
realität auch die frau die sie belästigten
gab zu protokoll dass sie alleine waren
ja klar ich hab mich nicht getraut in das
kaufhaus zu gehen die hätten mich doch
sofort rausgeschmissen so wie ich
beieinander war
wann wurden sie geboren
weiß ich nicht

sie haben zahlreiche ungewöhnlich

große narben an ihrem körper haben sie

sich diese selbst zugefügt

keine ahnung

welchen wochentag haben wir heute

keine ahnung was passiert denn jetzt bin

ich ein ein irrer der durch die straßen

läuft und mit menschen spricht die gar

nicht existieren

nun wahrscheinlich existieren diese

menschen schon mehr oder weniger also

sie mein herr haben diese menschen

irgendwann einmal kurz gesehen oder

wie schon gesagt es sind überwiegend

menschen von denen ihnen

irgendjemand irgendwann einmal

erzählt hat oder es handelt sich um

fiktive charaktere aus filmen oder andere
persönlichkeiten die in der öffentlichkeit
stehen menschen entwickeln oft ihre
eigene realität wenn sie über einen
längeren zeitraum drogen nehmen oder
schlecht behandelt wurden oder
mißbraucht wurden vielleicht als
säugling oder im frühen kindesalter
mit anderen worten ich hab sie nicht
mehr alle
ich weiß zu diesem zeitpunkt tatsächlich
nicht ob sie jemals wieder lernen werden
traum und realität voneinander zu
unterscheiden deswegen ist es so wichtig
dass sie mit mir sprechen mein herr wie
heißen sie
ich weiß es nicht

wir werden es gemeinsam herausfinden
werden nochmal mit der frau sprechen
welche sie belästigt haben die dame gab
zu protokoll sie würden sich kennen der
super vacuum 3000 G+ senior jetzt in
vier verschiedenen designs sicher
denken sie wie kann das sein hinab
hinab hinaus herein der neue super
vacuum 3000 G+ senior ist ein richtiger
tausendsassa er kann nicht nur saugen
man kann ihn mit wenigen handgriffen
problemlos auch zum laubbläser
umfunktionieren sie wollen in den urlaub
fahren wollen auch im urlaub nicht auf
die talente des super vacuum 3000 G+
senior verzichten kein problem kiltec hat
keine kosten und mühen gescheut um

ihnen das ultimative urlaubserlebnis zu bieten der super vacuum 3000 G+ senior verfügt über ein komplett zerlegbares saugrohr somit kann man ihn auch ohne probleme in kleinwägen verstauen sicherlich kennen sie die problematik sie wollen kleine steinchen aufsaugen aber die saugkraft ihres staubsaugers ist nicht stark genug kiltec hat die lösung mit nur einem klick lässt sich die saugkraft auf turbo umstellen der super vacuum 3000 G+ senior großartig gut günstig sicher fragen sie wie kann das sein hinab hinab hinaus herein der super vacuum 3000 G+ senior jetzt erhältlich für nur $69.95 jetzt clever sein und preisvorteile sichern kiltec natürlich sie konnte verdammt viel vertragen mehr als ich verkörperte alles

was männer die von ihrer partnerin

beschützt werden wollen als notwendig

erachten war ende dreißig kurz davor

ein haus zu kaufen mit nem typen ende

dreißig mit nem typen der dafür bekannt

war besonders fürsorglich zu sein ein

haus in einer gegend deren bewohner

sie nicht ausstehen konnte wollte drei

vier kinder von nem typen der dafür

berüchtigt war ein netter kerl zu sein

wollte das was alle frauen von männern

wollen und ich sagte was wollen denn

alle frauen von männern und sie

antwortete respekt dafür dass eine

zukunft für männer auf diesem planeten

nur deshalb erstrebenswert ist weil es so

etwas wie frauen gibt und sie umarmte

mich etwas zu lange sagte was machst du

jetzt noch mich betrinken dann hinlegen

dann hör ich auf zu atmen und sie lachte

umarmte mich noch etwas länger weinte

nicht und ich ging nach hause betrank

mich betrank mich betrank mich weinte

applaus mit menschen verhält es sich

ähnlich wie mit häusern sind sie alt

marode oder bröckelt die fassade

überlegt man sie zu renovieren

hahahahahahahaha dann investiert man

einen haufen geld in irgendwelche

spezialisten die darauf getrimmt sind

noch mehr geld zu verdienen ha ha ha

ha ha und du bezahlst egal wieviel

weißt es ist hoffnungslos aber egal

schließlich fühlst du dich dem objekt

emotional verbunden

hahahahahahahahahahaha yeah und

die spezialisten finden immer neue

makel die es auszumerzen gilt und

irgendwann heißt es dann da kann man

gar nichts mehr machen weg damit

hahahahahaha ha ha ha ha ha

hahahahahaha stellen sie sich eine

schifffahrtsgesellschaft vor die alles gute

in diesem universum vereint genau msc

cruises just saying was hast denn

ein furchtbar schlechtes gefühl hab ich

als hätt ich was ganz schlimmes

angestellt dabei will ich doch nur dass es

mir gut geht

hast was falsches gegessen

weiß nicht zum arzt müsst ich meinen

scheißdreck und meine seiche

untersuchen lassen

aber wenns ein notfall ist dann darf man

doch raus

nein da hab ich angst dass ich

zusammengeschlagen werde

sollen wir deinen scheißdreck zusammen

anschauen vielleicht ist ein blut dabei

meinst

lass mich halt mal anschauen

dünn ist mein scheißdreck glaub ich

musst aufpassen das du nicht vollgespritzt

wirst geh einen schritt zurück brunzen

müsst ich auch

dann mach halt kann ich gleich beides

untersuchen

jessas das stinkt aber ja verfaulst denn du

von innen heraus sag einmal

und wie siehts aus

ja mei blut ist keins drin die konsistenz ist

gut ein schöner satter brei die brocken

das sind nüsse die nicht ganz verdaut

sind kann mann abwaschen und wieder

zu sich nehmen

und was meinst zu dem was ich

ausgebrunzt hab

riechen tuts schon a bisserl streng und

blut ist dabei hast dein zeug

ja freilich vielleicht kann man über den

geschmack rausfinden ob das alles

gesund ist ein wenig davon ist ja nicht

ungesund gibt doch genügend leut die

ihre seiche trinken und ihren

scheißdreck essen so eine art

reinigungskur weißt

probieren kann man das auf jeden fall

bestimmt wärs besser mit gewürzen

meinst nicht

ja mei wir haben doch nichts mehr die

sagen man braucht nur das notwendigste

zum überleben und gewürze gehören

halt nicht dazu und was meinst

also das kann man schon runterschlucken

ich habe mir das schlimmer vorgestellt

besser als dieser ewige kantinenfraß

geh red bayrisch meinst ich sollts auch

probieren

freilich geh nur her brauchst dich nicht

fürchten und schmeckts dir wart ich hol

einen topf da speibst rein das können wir

dann aufkochen heut abend weißt so

können wir das wenige das der staat uns

zum essen gibt vervielfachen und unser

überleben ist gesichert

jetzt blutets wieder gib her das

fläschchen

halt doch still was bist denn so nervös

verwirrt bin ich gar nicht wissen tu ich

wo ich hingehen soll

alles vollbluten tust musst schon besser

zielen bleib halt wenigstens auf einer

stelle stehen damit du nicht alles

einblutest so eine sauerei das ist doch

immerhin nahrung pass halt auf mit

deiner dummen fotz

leck mich am arsch da hast die erste

flasche da würdet ihr schön blöd schauen

wenn ich nicht da wär elendig verrecken

würdet ihr vor hunger

keine brocken drin

ja mei das kann ich doch nicht steuern

mal ist was drin mal nicht friss rein den

dreck und halts maul du depp

wie soll ich denn satt werden wenn ich

nix zum kauen hab

ich kann doch nicht schon wieder

scheißen ist nix drin wo solls denn

herkommen wenn wir nix zum fressen

haben das balg könnt uns nicht ernähren

scheidet nix aus

zu blöd bist dazu probier ichs halt

und

ja nix siehst doch weib

fester noch fester

noch fester geht doch nicht zerreißt mir

noch das arschloch

jessas was ist denn das

oh gott meine gedärme sind

rausgerutscht schieb wieder rein schnell

nun mach doch weib

geh red bayrisch ja mei das flutscht mir

immer wieder aus der hand ein arzt muss

her

schnell schiebs rein schnell meine

gedärme ich sterbe ich verrecke tu doch

was du blöde zuchtel das kanns doch

nicht schon gewesen sein mein gott

dieser schmerz das ganze leben rutscht

aus meinem arschloch raus hilfe zu hilfe

meine liebe du hattest völlig recht ich

vermisse dich schon sehr und wenn ich

daran denke wie innig wir einander
liebten möchte ich am liebsten weinen
doch man versichert mir beinahe täglich
dass ich dazu nicht mehr in der lage sei
kannst du dich erinnern als wir noch
glücklich waren grobes unheil nur
vermuteten wie ist es dir ergangen hast
du gefunden wonach du immer
verzweifelt gesucht hast ich selbst
verbringe sehr viel zeit damit dich zu
vergessen du sagtest einst nicht alles
muss zwangsläufig im unheil enden fair
enough dennoch wage ich es
anzumerken dass wir dem tode nur
entgegenleben und was soll ich sagen
ich gebe mir große mühe die zeit die mir
noch bleibt sinnvoll zu gestalten habe

den kontakt zu meinen eltern
mittlerweile komplett abgebrochen es ist
nach wie vor beschämend zu wissen dass
ich ein direkter nachkomme dieser leute
sein soll und während ich diese zeilen
schreibe muss ich lächeln ist mir doch
bewusst wie du darüber denkst alle
wunden sind mittlerweile gut verheilt
und die schatten werden länger so sagt
man oder die medikamente erfüllen
ihren zweck sie sorgen dafür dass ich
genügend energie habe um für den rest
meines lebens mit sämtlichen
nebenwirkungen fertig zu werden
gestern beobachtete ich zwei
eichhörnchen dabei wie sie beute
sammelten um über den winter zu

kommen dann wurde ich sehr traurig
obwohl man mir beinahe täglich
versichert dass ich dazu nicht mehr in
der lage sei post skriptum eine taube hat
sich heute durch den fünf zentimeter
breiten fensterspalt in die cafeteria
verirrt versuchte zu entfliehen prallte
dabei mehrmals und auch heftig gegen
die fensterscheiben verendete langsam
und qualvoll ich näherte mich der taube
dachte kurzzeitig daran ihr die freiheit
zu schenken sah ihr dann beim sterben
zu wo warst du denn so lange mensch
ich zusammenhangslos ists durch und
durch dabei hätte sie so viele
möglichkeiten tieferliegendes
herauszuarbeiten den figuren eine

chance zu geben sich zu entfalten um

irgendeiner handlung spielraum zu

geben es ist zum verzweifeln was ich

alles schönes hätte machen können mit

meiner zeit die doch so kostbar

anekdoten ja jetzt hab ichs eine

wahllose aneinanderreihung

irgendwelcher anekdoten ists ein versuch

ists auch erhört zu werden schrecklich

also schrecklich da guck ich lieber fern

jetzt hab ichs ja genau fern sieht sie

wohl gerne möge sie nur niemandem

damit zur last fallen und warum der geiz

mit satzzeichen als wären diese rar

möge sie erlernen diese mannigfaltig zu

benutzen würde dieses werk nur halb so

viele satzzeichen beinhalten wie es

rechtschreibfehler hat käme dies der

allgemeinen verständlichkeit sehr zugute

was hat der leser*innen ihr getan dass

dieses derart von ihr abgestraft wird

krepier hier vor schmerzen

arbeiten was denn sonst

ja genau den ganzen abend muschis

geleckt hast du

pass auf was du sagst

pass doch selber auf gib mir noch ne

tablette das tut immer noch voll weh

schinken war auch zu wenig was soll ich

tun den kühlschrank öffnen ich bin ne

scheiß katze mensch

hier friss und halts maul

könntest ruhig ein bisschen mitleid mit

mir haben ich armes vieh

nun übertreib mal nicht ja wer derart

frech ist dem kanns so schlecht nicht

gehn

schmerzen hab ich

soll ich dich streicheln

ja aber nicht über den bauch da

zwischen den ohren da mag ichs wie

wars in der arbeit

man lernt sich langsam kennen hab von

meiner zeit beim rodeo erzählt

du laberst doch nur

und wenn schon

laberbacke

soll ich dir noch eine verpassen

ja sehr mutig hau in ne verwundete

katze rein am hals will ich auch

gestreichelt werden

du hattest recht mir wird gerade bewusst

dass ich mit ner katze quatsche

was ist schlimm daran viele leute

quatschen mit ihren haustieren sagen ja

fein oder sitz arschlöcher da lieber

jemanden der einen ernst nimmt als

gleichwertig betrachtet auch wenn er

einen in die rippen tritt du scheiß

tierquäler

kannst du es dann auch mal gut sein

lassen

was guckst du so bist du traurig

bisschen

hab ich dir eigentlich von dem typen

erzählt der letztens vor die u bahn

gesprungen ist direkt hier unterm haus

nein warum

na ja der lebte noch wenn er überlebt

werden die einiges zu tun haben den

wieder zusammenzuflicken sah nich so

gut aus hat auch fürchterlich geschrien

der typ

woher weißt du das

weil ichs gesehen habe der ging n

paarmal auf und ab quatschte irgendwas

leise vor sich hin die u bahn fährt ein da

lässt der sich einfach nach vorne fallen

die anderen leute am bahnsteig haben

geschrien die gedärme von dem typen

lagen übers gleis verteilt krasser scheiß

sad rim ud tslhäzre muraw sad rim ud

tslhäzre muraw sad rim ud tslhäzre

muraw

mein herr

eis dnis rew

beruhigen sie sich mein herr

rim nov eis nellow saw

mein herr bitte beruhigen sie sich

rim tim nned rhi thcam saw reprök

meniem na guez eznag sad llos saw

mein herr bitte

festschnallen einhundert milligram haldol

verstärkung anfordern oberkörper und

beine festhalten fester strengen sie sich

an

sol hcim tssal nien nien

festhalten verdammt nochmal

die nähte passt auf die nähte auf

intramuskulär intramuskulär

ehur ni hcildne hcod hcim tssal ba tuah

freddy du verrennst dich da in etwas das

ist alles schon so lange her das hast du

mir doch alles schon hundertmal erzählt

willst dir wieder was antun oder warum

redst du davon

nein ich wollte mich nur unterhalten

hats dir so gut gefallen in der psychiatrie

nein ich wollt halt nur ein bisschen

ratschen

ich hör dir schon gerne zu weißt aber du

erzählst immer das gleiche redst ohne

punkt und komma

erzähl du doch mal sagst irgendwie gar

nichts

ja mei gibt ja nix die sach da mit der

reichen drogensüchtigen amerikanerin

was ist denn aus der geworden das hast

zum beispiel noch nicht erzählt

die ist einfach nicht mehr aufgewacht wir
lagen immer löffelchen weißt du und ich
wachte auf drehte mich zu ihr um wollte
sie küssen so wie immer da spürte ich
dass sie ganz kalt war und nicht mehr
atmete
red bayrisch und was hast dann gmacht
ich war panisch bin sofort nach
deutschland zurück sie hat immer ein
geld in der schublade gehabt das hab ich
mir genommen so einfach war das
vergessen werd ich sie nie ein schöner
mensch da redet man und erzählt aber
dass was einen wirklich bewegt lässt
einer einfach aus
richtig weiß ich von der nix was war
denn so besonders an ihr

die art wie sie gegangen ist zum beispiel

ihr gang hat etwas unsicheres gehabt fast

was kindliches obwohl sie viel älter war

als ich sie war nicht die sportlichste

weißt stolperte oft ich hätt sie am

liebsten für den rest ihres lebens auf

händen getragen aber weißt du

eigentlich habe ich mich immer gefragt

was aus dem mann geworden ist den ich

in der u bahn getroffen habe kurz bevor

ich damals zum ersten mal eingeliefert

wurde

freddy da war keiner das haben die dir

doch gesagt mit dir selber hast geredet

eine schizophrene phase hast gehabt

ja das haben die damals gesagt

beziehungsweise das haben die leute

erzählt und die frau da die dachte wir

würden einander kennen aber manchmal

denke ich mir was wenn die alle gelogen

haben

warum sollten die denn alle gelogen

haben nimmst deine medikamente noch

freddy

ja natürlich natürlich ich habe das gefühl

ich sollte jetzt nach hause gehen und

mich hinlegen die katze muss ich auch

noch füttern und morgen muss ich ja

wieder ins amt

aufwachen musst jetzt hast du gehört

freddy aufwachen freddy aufwachen

also jetzt mal ehrlich du baby

selber baby

warum machst du sowas

was denn

na rumlaufen und alte typen fragen ob

ihnen ne freundin von dir auf den bauch

draufscheißen darf obwohl es dabei

eigentlich um dich geht

weil ich was erleben will hier geht echt

gar nichts in diesem millionendorf da hat

meine oma schon recht millionendorf

es gibt auch andere möglichkeiten

menschen kennenzulernen man muss

doch nicht gleich jemanden fragen ob

ihm eine freundin auf den bauch

draufscheißen darf

du musst zugeben das ist dir noch nie

passiert oder

ist mir noch nie passiert da hast du recht

tja

nun

was

warum machst du so etwas

ich hab mich eben nicht getraut da hab

ich mir was lustiges ausgedacht hast du

eigentlich geld also bist du einer von

denen die es eigentlich nicht nötig

hätten zu arbeiten

oft wünschte ich es wäre so aber leider

nein

ach so

dachte ich mir

nein ist nur spaß erzähl doch mal was

macht ein mann mittleren alters wenn er

mal nicht hinter der bar steht

ich mache musik

ach echt trittst du auch auf

nein ich bin studiomusiker

oh also ein richtiges studio

nein homerecording

ach so du nimmst dich selber auf und was

für musik

alternative würde ich sagen

was ist das hört man das im radio

nein das heißt sehr selten es gibt welche

die das geschafft haben also mit ihrem

eigenen sound die charts zu erobern is

aber schon ne weile her

und wie klingt deine musik

stell dir vor kris kristofferson geht eine

straße enlang weil er sich mit kurt cobain

auf nen kaffee trifft aus irgend nem

secondhandladen klingt leise ein song

von sam cooke und ian curtis fährt

langsam im auto vorbei und hört surf

wer sind all diese leute

nevermind

ganz schön warm isses hier

ja der ventilator ist kaputt

hast ja blos ne matratze auf dem boden

liegen kannst du dir kein bett leisten

mir gefällts

sorry ich finds nicht schlimm sollen wir in

die badewanne gehn oder aufm bett

warum denn in die badewanne

na weil dein spannbetttuch wohl

ziemlich dreckig werden wird

also doch

na und aber eines sag ich dir cocktails

will ich trinken gehen und coole

klamotten will ich haben und du bezahlst

dafür das will ich und wenn wir

einschlafen darfst du deine hand auf

meine mumu legen

also meinetwegen auf dem bett

ich hab kein höschen an geht ganz

einfach

warte ich zieh meine sachen aus

aber die unterhose lässt du an

ekelst du dich vor mir du scheißt mir

immerhin gleich auf den bauch drauf

oder also what the fuck

anlassen die unterhose

ok

ui was sind denn das für narben krass

hast du das selbst gemacht

war ein unfall hab mich mit ner u bahn

angelegt

wolltest du dich umbringen

ich war betrunken und auf droge hab

mich verschätzt dachte die u bahn steht

bereits still machte nen schritt nach vorne

fiel ins gleis was soll ich sagen hat

ziemlich weh getan gib zu damit hast du

jetzt nicht gerechnet

wirklich nicht gefällt dir meine vulva

ja is hübsch anzusehen

is frisch gewachst hat voll weh getan das

sag ich dir keine angst ich hab sachen

gegessen die stopfen hab also keinen

durchfall oder so

na dann alles gute zum geburtstag oh

das is aber schön warm und riecht gar

nicht so übel

findest du

ja tolle konsistenz sieht auf jeden fall

sehr gesund aus soll ichs anfassen

ok

fühlt sich an wie marzipan

hihi ich wische es jetzt weg

wie fandest dus

irgendwie sexy aber nichts was ich

dauerhaft machen müsste

geht mir auch so abgefahren eine junge

hübsche frau scheißt mir zu ihrem

geburtstag auf den bauch drauf

ich denke ich werds ne weile mit dir

aushalten

geht mir mit dir auch so noch n kaffee

noch n kaffee danke schön only the good

die young gut gemacht besten dank

sorgfaltspflicht für und wieder untragbar

leben und leben lassen live and let die to

hold to care to kiss to kill too big too

small too weak to chill ich wache auf ich

träume ich träume ich wache auf hörst du

siehst du fühlst du es auch we care we do

we must we know i love to love i feel so

low bedauerlicherweise unter anderen

umständen mit freundlichen grüßen was

auch immer das bedeutet ansorge

fürsorge daydrinking erbrochenes

afterhour gerne können sie uns ihre

bewerbungsunterlagen zukommen lassen

das problem an besten absichten ist der

gute wille dahinter prima voll gut geh

weg hör auf das werden wir dir schon

noch austreiben danke für dein

vertrauen ich weiß du würdest das

jederzeit auch für mich tun kein geld
kein job keine perspektive the best things
in life are free keine schmerzen keine
ahnung keine lust keine zeit keine
möglichkeit keine vergangenheit keine
zukunft kein leben keine freunde keine
konkurrenz kein hunger kein durst kein
lied kein laut kein himmel keine erde
kein universum kein mensch kein tier
keine kleidung keine kraft kein ausweg
kein blick kein wir kein atem kein
gedanke keine lösung kein wort keine
sehnsucht keine seltenheit keiner glaubt
keiner weiß keiner hilft keiner fragt
keiner sucht keiner braucht keiner hat
keiner macht unentdeckt ungefragt
unerhört ungebraucht unterirdisch

unvorstellbar unverschämt ungläubig

unvollständig unachtsam unvermögen

unfein unschön unsinnig unmöglich

ungeniert unnahbar nicht aufstehen nicht

umdrehen nicht weitergehen nicht

hinsehen kein problem sehr geehrte

fahrgäste aufgrund eines technischen

zwischenfalls verzögert sich die

weiterfahrt um wenige augenblicke wir

bitten um ihr verständnis

rausgeschlüpft bist aus meinem loch ganz

langsam bis ich fast verblutet wär

geschrien hast hunger hast gehabt und

durstig warst armes balg es war schon

schön in mir drinnen gell schau die welt

da draußen braucht uns nicht mehr hat

uns niemals haben wollen wohin sollen

wir noch gehen kalt ists überall und

hundsgemein sind all die leut da hast du

keine chance so wie du ausschaust bist

nicht überlebensfähig brauchst gar nicht

glauben dass du da einfach

rausspazieren kannst in diese welt da

wartet keiner auf dich das kann ich dir

sagen beschimpft wirst werden und

ausgenutzt und missbraucht und wenn du

dann nicht mehr kannst und krank und

sterbend auf dem boden liegst schlagen
sie dir den schädel ein beschützt musst
werden denn das ist meine mutterpflicht
komm her du armer krüppel da schlüpf
rein in mein loch zusammen werden wir
schon durchkommen nur gemeinsam ist
man stark braucht man sonst niemand
guuuutmenschen die guuuuutmenschen
früchte und gemüse genügen mir merkst
du eigentlich nicht wie sehr mich dein
verhalt mein herr wie geht es ihnen
heute
relibats resseb
darf ich mir bitte ihre narben nochmals
ansehen na die verheilen ja wirklich sehr
gut mein herr wir verabreichen ihnen
nach wie vor sehr starke medikamente

gegen die schmerzen das werden wir

noch eine ganze weile machen sie

müssen das verstehen können sie

einigermaßen schlafen

nehcam fuard mier neniek hcafnie rim

nnak hci gitref thce hcim nehcam emuärt

eid guez semertxe leiv rhes emuärt hci

das hat mit den medikamenten zu tun die

wir ihnen verabreichen des weiteren

haben wir am tag des unfalls ihr blut

untersucht und verschiedene nun ja

substanzen feststellen können sie sind

also auf entzug und bekommen sehr

starke schmerzmittel körper und geist

werden momentan auf eine sehr harte

probe gestellt

hcon se tenger

nein es hat aufgehört

rhem tful eniek emmokeb hci tful eniek

emmokeb hci

mein herr

rhem tful eniek emmokeb hci

mein herr mir ist als würde eine

diesellokomotive durch den raum hasten

bitte zügeln sie ihr atemgeräusch stört es

mich doch sehr beim träumen so schön ist

es zu träumen so schön ist es zu liegen